U0908176

九歌文库

·诗歌·

别在秋夜叫醒我

程华 著

图书在版编目（CIP）数据

别在秋夜叫醒我 / 程华著. -- 北京 : 知识出版社，2020.7

ISBN 978-7-5215-0196-4

Ⅰ. ①别… Ⅱ. ①程… Ⅲ. ①诗集 — 中国 — 当代 Ⅳ. ①I227

中国版本图书馆CIP数据核字（2020）第108184号

别在秋夜叫醒我　　程 华 著

出 版 人：姜钦云
出版统筹：李墨耘
责任编辑：王云霞　张　慧
装帧设计：周才琳
出版发行：知识出版社
地　　址：北京市西城区阜成门北大街17号
邮　　编：100037
电　　话：010-88390659
印　　刷：阳信县卓越盛达印务有限公司
开　　本：650mm×920mm　1/16
印　　张：12.25
字　　数：92千字
版　　次：2020年7月第1版
印　　次：2020年7月第1次印刷
书　　号：ISBN 978-7-5215-0196-4
定　　价：39.80元

序

程华的诗

这是程华女士的一本新诗集。

程华的诗，最大的特点是什么呢？在我看来，她的诗是清新的，字里行间透着灵动的气息；读起来呢，又是朗朗上口的。不信请读她的《温暖的午后》：

冬日的阳光／暖暖的 金子般闪耀／刚坐上太阳坐的椅子／太阳便急匆匆跑了／只把风儿悄悄留下

二十多年前，我认识程华的时候，她还是南昌城里《江西日报》经济部的一位年轻记者。那一次，是江西省里的一次大活动，由省委、省政府发出邀请，请来了海内外二十几位作家和文人。而《江西日报》呢，组织了专门的报道队伍，领队的副总，是一位曾经当过知青的女士，她把自己报社优秀的年轻编辑、记者，一一介绍给各位客人。程华呢，是这一帮男女青年里比较出色的一位姑娘。

我当时想当然地以为，她会在省城的报社里一天一天安安逸逸地做下去，做一辈子。哪知道，很有文学天赋的她，没过几年就跳槽了，离开了江西，来到了充满活力的深圳，改行从事金融行业了。

可能是出于职业的原因，对于有文学基础的青年跳槽，我总会觉得有点儿惋惜。没想到的是，程华仍在写，而且因为经历了人生的好几个阶段：恋爱、婚姻、家庭……她写得越来越出色，越来越有韵味了。比如那一首我喜欢的《雨中永恒》：

那年 / 春雨中相遇 / 你撑开一把灵魂的伞 / 说要遮风挡雨 / 三万六千五百天 / 在伞下悄然陶醉 // 怎能相信 / 而今 / 你消失在生命的雨季 / 天空暗自落泪 / 忍不住走进小巷深处 / 张开所有回忆 // 在雨的肩头 / 轻声哭泣 / 光阴萦绕了思绪 / 淋湿的心 失落的梦 / 依旧刹那与永恒 // 在雨中 / 等你 / 期待下一个路口 / 与流浪的灵魂 / 重逢

原谅我引用了她的一整首诗，只因我喜欢诗中透出的那一股淡淡的哀愁、那一缕令人愁惨的情愫以及说不清、道不明的情感。

也许，是因我离程华很远，抑或又隔得太近？

是在写雨，但雨在诗中只是一种意象。其实写的是程华的人生，程华的情。

给诗集写序总会不经意间引用作者的诗句，其实最好的办法还是让读者自己静下心来，慢慢地品鉴，细细地品鉴诗中的韵味。好在一开头我就说了，程华的诗总体风格是清新的，朗朗上口的，好读。不信，你试试。

是为序。

（叶辛，著名作家，中国作协副主席）

叶辛

2019.10.

目录

第一辑

你的笑脸 我的圆满

第一辑

你的笑脸 我的圆满

第二辑 忽而一年

第三辑　夜的告别

第四辑 最后的香格里拉

第四辑

最后的香格里拉

第一辑

你的笑脸，我的圆满

你的笑脸，我的圆满

每当水果摆上案头
你会脱口而出
妈妈，我爱你
甜蜜的话语萦绕耳畔
宛若吹响春天的短笛
让人在旅途的疲惫随风而去

偶见和自己扳手腕
你会温婉提醒
妈妈，我们多做点慈善
纯澈的话语空灵我的心境
怎能想到
小小的你对生命领悟比成人高远

每当我们假日出行
你会一脸认真告诉我
穿什么衣服背什么包包
那专业小样妆点我的容颜

让我奋力追赶你青春步伐

学习一同成长

都说青春期孩子和家长

有如火星撞地球

我们恰若姐妹，互为师友

你是我心灵的一抹阳光

又似生命画布的一片朝霞

你延续我的生命

又给我一个并行的青春

是啊 你的笑脸

就是我世界的圆满

爱在梦中悄悄醒

走近童话般宫殿
如遇超凡脱俗仙女
日光变换着她的华服
而最后那滴泪是他无边的海
静静流淌了三百多年
秋风不曾凋零这朵玫瑰

他的一切都被夺走
只留下一双看她的眼睛
这是怎样的旷世之爱啊
或许感到外面热闹而荒凉
所幸在没有时间的睡眠里
让梦悄无声息地生长

吟诵着白色大理石的诗篇
我轻轻地走来
生怕扰了那个永恒的梦

想走进却很难

会有梦醒时分吗

爱情圣地也无逆然

他们灵魂早已栖身

如夜莺，似朝阳

在那奔腾不息的河上

开出一朵圣洁之花

秋日，泰姬陵，我走近你了吗

写给六月里的孩子们

初夏的南国
飞来一群快乐的小精灵
簇拥着五彩斑斓
跳动的音符 清新的旋律
载歌载舞
留下一路欢笑

承载绿色的希冀
沐浴着暖阳、微风和甘露
婉转的鸣啼 婀娜的舞姿
一如春日的雨丝
滋润路人的心田
又似秋天的原野
收获生命的层层绽放

远方风景 绚丽夺目
明日苍穹 辽阔深远
又是一轮崭新的太阳

奔跑吧 飞翔吧

凌空直上 追风逐梦

书写不一样的童话世界

我的身体，你的故土

你穿上深蓝的校服站着

和我一般高

领巾映红脸儿

我看到一个十二岁的天空

每天抱拥迎接

都如欢呼新生的太阳升起

难忘台风之夜

你用小手掂摸我的被子说

太薄了 把我的给你

是时光倒流吗

那一刻 纯净的眸子

足以穿透千里烟雨

照亮为母的半生

难忘悦动音符的假日

那是我们的欢愉

一起看世界 观风云

如花的笑颜纯白我的心事
在异国他乡
一弘湖水的波光中
我触摸到生命的延续

难忘飞扬的年华
你许我阳光、彩虹
让我欣喜又恐慌
与雨后春笋的个子赛跑
遨游海洋 翱翔天空
不知少年的你会不会太累啊

迷恋香甜的糖果和缤纷的梦
真想让时光停留
终究 我的臂膀
揽不住你千万里的人生
自我绽放吧
你不只是妈妈怀中的花蕾

小住十月
我的身体已是你永远的故土

离家 再远再久

也能嗅到你的气息

舌头与舞蹈 影子和微笑

无时不在对话

有如分子与分母

给父亲

您的肩膀
是童心七彩的阶梯
让小丁豆如我
伸手触摸到高远的星空
追赶那些长翅膀的歌

您的双手
是追梦路上的双桨
荡漾着形状各异的风
我们在书信里深呼吸
弹奏无声的琴弦

拉开生活帷幕
您的目光坚毅如星光
吹散我城池的雾霾
您又同苍劲的罗汉松
抵挡不期而遇的寒流

外面的世界时风时雨

有您宠爱一生

人在旅途

夜变短 路不遥

日子轻梦般飞扬

您摘下一颗荔枝

给我做耳环

我借来一片月光

为您藏书房

父女的二重奏

没有时间的无底柜

只在岁月墨迹中永放光

有一种爱叫母亲

——写在康乃馨盛开的日子

有一种爱，是那么专注。
有一种情，是那么温暖。
有一颗心，是那样恒久。
倘若没有她，我的心灵将一片荒芜。

她最美丽的坚强，是我赖以生存的给养。
即便被整个世界抛弃，她也会永远为我守护。
她是人间的天使，笑容如山泉抚琴，无邪灿烂。
不管多老多老，只要有她，我会永远纯真！

绵长的思念，是她美丽的心情。
无声地牵挂，是她爱意的表达。
默默地付出，是她自担的责任。
她是最美的赞歌，值得久远传唱。
而她，又不仅属于我，更属于世界。
因为，一切光荣和梦想，都来自她。
她就是母亲，她就是母爱。

今天，我亦义无反顾为爱接力。

为了母亲，这世上最伟大的职业！

为了母爱，这世间独一无二的爱！

别在秋夜叫醒我

春天沏了一壶茶
我把它种在秋风里
芬芳一季 回甘一年
茶树在心中
萌芽 生长

立秋了
夜色越来越早
我的夜，步路蹒跚
驻足在春天的细节里
流淌着的，还是那个梦

一年最圆的月
乘风而来
触摸我的痛

你的伞淋湿谁的心

雨

打落谁的夜

又淋湿伞下谁的心

水

浮动着暗街

截断回乡的路

雾

迷离远方枝头

褪去纯真的印记

夏天的梦啊

早已洒落芳华

深深埋进

冬日里的香格里拉

久远的你，最近的心

走了许久
从很远的你 到咫尺的心
又在不知不觉间
从最近的你 到天涯的心

生活时常玩笑
不同轨道的你我相遇
方寸也是海角
恰似心一旦落锁

适宜的时辰
你和我的碰撞
那是心与心的拥抱
如同反射与相投

每个人心里
都流淌着个人气质
有多少心

能经受默默的四目对望

和漫漫的岁月盘剥

而我深信

时光是酵母 生命有奇葩

久远的你

或许正是那颗最近的心

观女儿演出

在夏果满枝的清晨
苏醒
在风雨抵达处
张望

看见你
在唐诗宋词的水墨里
舞翩翩
和着元曲羌笛的音韵
踩着明清小说的节奏

在穿越时光洪流中
你和我
浓浓地发酵
我们预约未来
我们激活光阴
做一朵玫瑰
不为风雨凋零

过 年

风喝干
冬之酒瓶
取出一件件往事
装入新愿
年悄悄醒了

蹚过春夏秋冬
游子把思乡裹进
肩扛手提
和着团聚喜乐
一次迁徙
归家之心
量出年的长度

穿上新装的生肖
一丁点儿也不偷懒
昂首挺胸
值守在岁月关口

无论结束

抑或开始

北国惊落的最后一片白

与南国吐艳的芬芳

同步踏进春之声

人在草木间

开汤 十年叶嘉

重端素瓷浅瓦

一轮旭日入杯中

轻呷红润

几丝风叶扶花

满口岁月与时光的味道

隐约中走进那片传说的天涯

枯藤 老树 旧屋檐

山峦 流水 绿荫下

茶室 阳光柔媚

窗外 春风催芽

小叶榄仁枝丫舒张

火红木棉倾情开花

川流不息 步履匆匆

你追我赶拥抱春华

茶汤在口中回旋

苦甘来 滤心尘 润时光
青丝在水的沸腾中升华
有欲语还休的沉默
是茶凝固着时光
还是时光缠绵于香茶

人在草木间 醉流霞
可茶说 我只是一杯水
给你的 那是你的春秋冬夏

汤渐淡 人将行
回首落叶 难忘红尘黄沙
收藏起春天的记忆
顿如初生 轻似霏雨飘下
呼吸 回甘 懂得
遥望远处的家
心灵倒映在清茶的涟漪中

一缕幽香挽救青春如花

雨中永恒

那年

春雨中相遇

你撑开一把灵魂的伞

说要遮风挡雨

三万六千五百天

在伞下悄然陶醉

怎能相信

而今

你消失在生命的雨季

天空暗自落泪

忍不住走进小巷深处

张开所有回忆

在雨的肩头

轻声哭泣

光阴萦绕了思绪

淋湿的心 失落的梦

依旧刹那与永恒

在雨中

等你

期待下一个路口

与流浪的灵魂

重逢

如果，来

你轻轻地走来
带着新绿萌芽
眼神里闪着抑郁
暗香弥漫着心肺
神奇、温暖又陶醉

待到紫云英红遍山野
再见你
左脚向前，右脚向后
留下一串看不见的脚印

如果，来
能与春天相遇一样
那多好啊

你的心住哪个房间

每人心里都有一个房间
风景却天壤之别
有的与自己为伴
有的和亲朋同行
有的装满那些欲罢不能

有的一片极地冰川
有的满是荒芜杂草
有的时常秋风瑟瑟
有的则是一朵盛开的百合花

有的见面微笑寒暄
可心与心碰撞
才发现
冰川和鲜花不在同一纬度

心住的不同
会拥有迥异的人生风景

可我们也会看到

卑微中有高贵

高处也无常

在碎片间永恒

那红彤的笑脸
未及话别消失了
乌云从八方围拢过来
天黑 风劲 雨疾
他们到底在述说什么

航班就此取消
期盼已久的重逢被搁浅
唯有预定的那桌菜肴
寂寞着你的清秋

何止如此
那一段段的亲密无间
不也走着走着 散了
太多太多的戛然而止
只有记忆 在碎片间永恒

唯时光不负

喝着喝着，茶淡了
走着走着，人散了
唯时光知道去哪儿

有的来了，熟视无睹
有的走了，恋恋不忘
唯眼睛知道温度

有的相遇，这么近
有的转身，那么远
唯记忆知道谁来过

世界这般喧哗
生活又如此难料
唯低声用心灵说话
寂静在云端守望

初夏那场雨

夜

漆黑一团

暴雨

急促敲打着窗

不见一点初夏的柔情

听到

你在长江那头欢愉举杯

碎了

珠江这头的我红酒一地

和着雨水泪水

我全部吞下

烟花不冷

流年里的笑与泪
在逝水中慢慢发酵
酿成一樽最醇香的酒

梦幻般的光与影
在心间渐渐扎根
筑起一座巍峨的山

所有的寒冷与焦灼
在风中缓缓圆寂
化作一对轻盈的羽翼

留不住 算不到
恰如一场烟花
轮回着时光
那由内而外的暖
却让这个秋
不再清冷

天 边

在竹海上泛舟

看天边变幻莫测的云

似绵羊　如大象　同棉花

或银白　或乌黑

时而欢声笑语　时有各奔西东

不知云在变心　还是天又换妆

当飘动的蓝色裙裾

与洁白云朵共舞时

我看见苍穹

爬着鱼尾纹眼角上闪着一滴泪

飘下来　慢慢地

化作我额头的汗珠

凝视着　沉寂一片

最美，就在擦肩而过

三月 暖暖的风
绿了大地 红了枝头
空气清新得冒着泡儿
如刚出炉的一扎生啤
面朝太阳打开一扇窗
你贪婪吮吸着大地的甘露
不知不觉被这个季节降伏

南国总是步履匆匆
潇潇春雨急送春归
你以爱的尊严
赶赴春天最后一场约会
慌乱间 湿了裙裾 碎了思绪
生命的琴弦低吟幽唱
这又是谁在弹拨

站在四月的街头
回首三月的凝视

孤独而热闹 卑微又灿然

世界本来如此 亘古不变

只是你多了一份意象

可再短也是时光

分秒都会定格

在季节更替 生命轮回中

你读到前世今生的秘密

似乎看到生命的原乡

顿感最美还在

那擦肩而过的瞬间

当海水退去

你踏着飞舟而来
撞翻我那坛醇香之酒
去扶，伸手又缩回
因为脚步跟不上疾驰的浪

不曾拥有黑夜
可涨潮的昼比夜还黑
那束最遥远的灯火
无法照亮我的沙田

海水退去
深深浅浅的脚印早已消亡
留下抽着烟坠入沉思的背影
若有若无的烟圈
沉重，如屋里飞翔的翅膀
而我呼吸到记忆的沉香

追逐远方的海水

虽无法丈量彼此的距离

却把温度刻在我的心上

一片蔚蓝

秋天是一首无字歌谣

寒暑褪去

秋天的思绪沉寂下来

天高 云淡

漫山遍野 黄澄澄 红彤彤

回应着大地人间

见过

一个人因膨胀而凋零

也看到

一棵树为生长的凋落

秋天是一个向下生根的季节

不再疼痛

不再恐慌

在秋天的童话中

触摸到虚拟即现实

现实也虚拟

在秋天的童话里

遗忘比铭记来得更快

有偿比免费更令人心安

这就是秋天

一首无字的歌谣

启 航

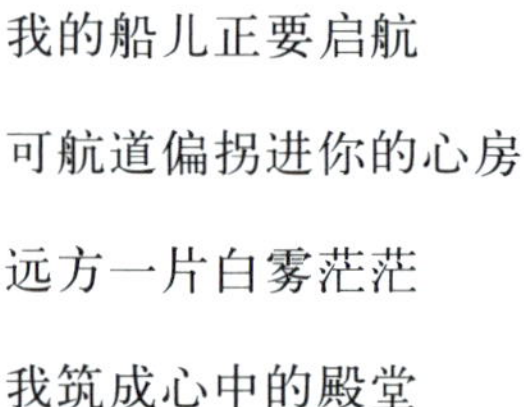

我的船儿正要启航

可航道偏拐进你的心房

远方一片白雾茫茫

我筑成心中的殿堂

黑夜暗淡着你的脸

却胀痛我的心

灯火未照亮你的路

却迷离我的眼

只祈盼

温暖柔和的目光

为在梦里

守护风中的诺言

可醒来

又把你放在心上

追星星

站在彩云之巅仰望
苍穹依旧黧黑、高远
怎么看
也如磐石孑立

在山顶那碧波中漫步
看见星星在水里嬉戏
可怎么游
也追不上她的欢愉

一阵栀子花香抚慰
顿感
手里握着星星的碎片
可水说
那是灯与影的对话

故乡，恰似红石榴

故乡是三五条青石板路
写着悠悠岁月和传说
从我的老屋通向学校
通往几个亲友家

故乡是一条萦绕山城的小河
河边悦动着
冬日浓雾无法锁定的青春脚步
和晨读少年的身影

故乡是过年亲友相聚的八仙桌
摆着红椒青椒覆盖的徽菜
满屋洋溢鹤发的慈爱
童颜的欢笑

故乡是一个火红石榴
熟了 咧嘴笑开了
东一瓣 西一瓣

无论我怎么努力也拼不进现实
这就是故乡

一颗饱满的种子
春天植入我的心田
秋天长成一抹挥之不去的风景
看到风景 也就守住心灵的原乡

四季歌

那个春天
一颗萌动的种子
悄然飘进我的星际
用醉人的暖紧紧裹挟着
三月风轻拂 芽叶舒展

那个夏天
流淌着肌理的藤蔓
让我们同呼吸 同欢笑
恰如一团火
燃烧着炎炎的夏

那个秋日
我们隔着霓裳嬉戏
你使劲想跑出来看世界
那小腿蹬蹬
覆盖这个季节本有的忧伤

那个冬日

一朵飘然而至的雪花

让我见证生命的奇迹

如重生般轻盈

从此拥有我们的华年

春夏秋冬

和着阳光成长

今天 我们站在一起

在七色云彩中聆听七彩的梦

被雪爱恋的日子

树木沉寂了

雪在风中飘荡

枯黄卷曲的叶儿

带着片片忧伤做最后告别

传来沙沙的回响

白发早已凌乱

找不到来路

身后的足迹覆盖在雪中

大地发出一声叹息

将带进冬日的严寒

风中隐约传来

远山的呼喊

活着岁月时光

唤醒一个久违的梦

柔和目光依稀爬满心空

穿过红色的光 灰色的线

一片缤纷婆娑了眼

那个被雪爱恋的日子

从眼中闪过

如同朝霞点亮了森林

不知能否抵达那个世界

昨日还缠绕心头的疼

此刻已消融于冰雪

梦在黑夜里发酵

清晨醒来

脑海中排列着

美丽的诗行

微笑地问我早安

这是谁在昨夜种下

一个声音说

是梦

在黑夜里发酵

趁着太阳没进屋

我把诗句

倒在白纸上

这样日光也无法融化

左脑右脑

一直
用左脑与生活对话
以为投射过来的
就是我的世界
那花那木那屋
捧在手里
端坐心头
一天
右脑牵着我的手
带去走天涯
那日那月那光
沉默了原来世界
从一个世界到另一世界
一如远去长河与喷薄日出
又如我的快乐与忧伤

并蒂莲

用生命浇灌出一株小苗
你清新我的雨季
温暖我的严寒
多想永远和你做株并蒂莲
在这属于你的时节
无论我如何奋力
也追赶不上成长步伐
不断传来裂变的声音
我用尽一生力量
执着匍匐
待你长成会开花的树
那时 我将安心栖息
在你脚下那方土地

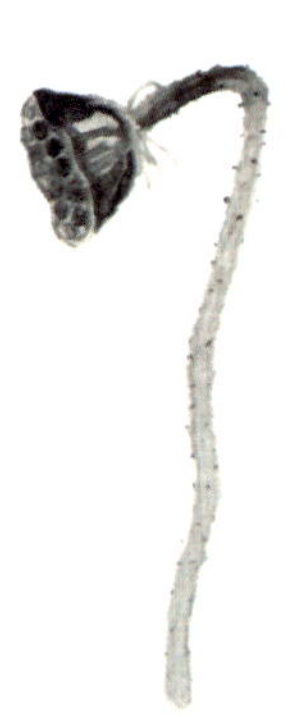

和风儿跳舞

城市长得越来越大
日子过得越来越短
见面变得越来越难
在文字世界里触摸彼此心跳
在表情包里感知离合悲欢
在美得帅得真假难辨的照片里欣悦
看不见摸不着的声音格外珍贵起来
时间模糊在虚拟又真实的世界
真想给你一个带温度的拥抱
时空的半径总比手臂更长
那就快长成一株开花的树吧
风儿一定会和你跳舞

雪　莲

星星最后一滴泪
坠入晶莹的高脚杯
举杯一饮而尽
空中盛开出一片雪莲
悄悄与时光对话

心牵手　月色一起沉默
钟表声喃喃自语
惊醒梦中的霞光
瞬间给夜幕披上裙裾
泯灭你的痕迹

夜黑暗着左口袋
右口袋在音乐中跳舞
拨开迷雾的面纱
辽阔的远景藏进歌声
提前抵达我的黎明

一颗星的弹唱

夏日　微风
带上广玉兰孤寂的幽香
吹开鸡蛋花的清婉
原野噙出一瓣泪花

炽盛　阳光
盛开豌豆荚的青绿
催熟趴着地的西瓜
诺言盛开一朵红莲

三两个雨点
悦动池边的鱼儿
拖起长长树荫欢舞
色彩斑驳一片

挥汗如雨的农夫
摇着斗笠走向绿丝般田埂
若有若无的烟圈

迷茫着未来

在时间缝隙里

甜醉葡萄汁滴落

路人心空

酿出永恒的酸楚

一丝浅笑 一声叹息

此岸与彼岸交谈

延伸着生命的内里

或许 了结这白昼的子夜

一颗星足以弹唱

第二辑 忽而一年

春的回响

轰隆隆的春雷

把你带进生命的雨季

繁花

无法抵达心灵

暖风

不能穿越屏障

你迷失于自己的森林

索性在春日里冬眠

太阳

姗姗来迟

呼唤坐在梦尽头的你

半睁着眼

看到一只鸟儿凌空而起

空中回响起你的名字

四月的盛宴

（一）

春风在春雨中凋零春天

飘落一朵待放的木棉

覆盖着大地的新绿

永恒被握得粉碎

牧羊姑娘泪光中学会微笑

迎来鹰的重生

（二）

你在繁花中绽放我的生命

我挺直腰板做你的仆人

夜空默默不语

芬芳吐露出秘密

用残光填写阴影

星辰闪亮心中

（三）

繁星在晨曦中暗淡

双眼充满天空的眷念

黎明已无法阻挡

别在道路尽头迷离

去拥抱露珠滋润的鲜花吧

四月的盛宴里有你席位

春天的悄悄话

那个春天
浑然不知闯入我生活
紧闭的双唇
被小叶榄仁新绿热吻
一片嫣红

这个春天
和风轻敲我的窗
打开的是心中的明月
灵魂被深渊般凝视
深深 如你的眼

让春天凋零在怀抱

那个春天

倔强地宣布死亡

十多年结出的果儿

一点点茫然

灼灼夏日

亦无法复燃

孤木

斑驳了骄阳

白昼

剥落着时光

蓝天

被挤压得粉碎

裹挟进帷幕的黑

第一缕秋风

送走最后一克温度

唤醒当下孑然

大树绝不挽留凋零

你何必宛然

阳台上的花

依旧她的娇艳

晶莹剔透珠子缀着朵儿

那是上苍的款待

万千个开始

有千万种结束

不要追问

死亡

已成最好结局

就让春天

凋零在怀抱

永恒的春天

那是通往春天之路
阳光亲吻着新绿
鸟儿欢快向路人求欢
花儿优雅弯身绽放
一抹娇羞被春风带走
送来阵阵嘉木清香
把信念倾注于那片春光
盛开出一朵木棉 绚丽一季

春尽红尘 寒暑徘徊
再次走上春天之路
午后正阳如双眸般闪耀
仿佛带回我那个春天
努力找寻你的脸庞
轻吟永恒的远方
不闻熟悉的旋律
困惑之心把疑问投向天空
梦幻光影折射崎岖心路

蓓蕾绽放出一簇鲜花

荡漾着红色、绿色的芬芳

爱把它吹送到我的发丝、心田

你欢乐自由地生长、翱翔

忘了时光

忘了谁是谁的原野

永恒春天早已筑巢心上

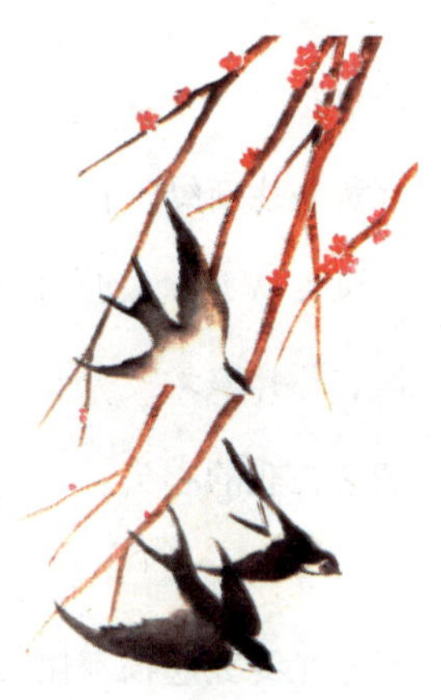

春光终究遮挡不住

是春风吗
怎么感觉阵阵秋意
憋了一个冬天的叶子黄了
随风飘舞、旋转
利落、铿锵、壮美
像一个人长长舒口气

是百花吗
落黄盖住新绿、花香
东风夹着如泣如诉的雨点
伴着片片飘零
洒落在我的心头

可春光终究遮挡不住
她在敲打的键盘上
在未发出的书信里
和着泪水雨水
向最后的香格里拉走去

春风寄来一声问候

春风寄来一粉色信笺
一把精致的钥匙滑出
眼前如梦如幻般家园
不知如何拥有这份神奇
却让美妙的瞬间在心头永恒

春风煮沸一杯老茶
通透 明澈 有厚度
不仅仅是一杯水
我喝到春夏秋冬的味道

春风吹开一片绿洲
广袤 纯洁 勃勃生机
在那里 什么都不用想不必做
可一夜春雨 淹没
我依旧在梦中欢快驰骋

春风送来一片春意

满地落黄让我感受到凉凉秋意

如果春天这么匆匆离场

那春风为何将我唤醒

春之声

早已封存起那条花裙
可不知几时 春风将它唤醒
细素的小花 舞动的裙摆
仿佛一个梦幻的春之声

茶为嘉木
茶室 空悠 寂静 暗香
盯着那冒热气的新春头汤
手 伸出 又缩回

窗外
洁白的雪花在空中飞舞
而那束红红的炉火
鲜明在眼前晃动

在春天，穿过一片黑暗

在一池春光里

不约而同坠入严冬

踏雪寻梅 孤寂萧瑟

太阳早无法温暖

穿越彼此的那片幽暗

唯见雪在燃烧

步入灼热的夏季

汗滴从身体流至心灵

奔腾中略带酸楚

空调早无法调节

身心灵的合一

唯愿轮回听见

漫天飞舞的秋色

遮不住紫荆的柔美

满天的相思 满地的情愁

飞舟早载不动风的承诺

落花成殇 约言无期

唯残月日夜相伴

天凝地闭的冬日

岁月悄悄偷走光阴

留下满地冰冷的月光

过往细节早静默成风景

你回到原点

唯渡口沧桑

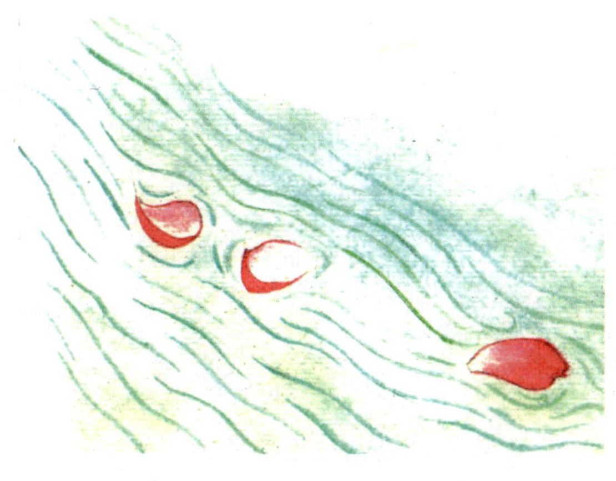

初夏午后

午后穿过一片金阳
慵懒着一座城
芬芳陶醉了两个人

新绿绽放如少女的脸
迷乱路人的脚步
影子悠悠在草尖跳舞

单车　行李
匆匆载走暮春的丝绒
手机　微信
缓缓凝固初夏的牛仔

彼此听见心跳
思绪却住进不同时节
血液已昏睡
流淌出心中的蔚蓝

夏 夜

音乐总是激情的
眼睛却难捕捉
踱着月光的舞步
吞噬着夜空寂寞
蒸发不走城市的孤独

你舞动醉人乐曲
她舞动曼妙身肢
都带不走流浪的心
悄然走进人海
如从江河趟过

不见那一抹嫣红
为血液在体内奔腾
不曾踏入彼此的节拍
夏夜迈出每一步
回首满是坚冰

夏至未央

晨

当茉莉送来第一缕晨风

我知道长夏已至

这是一个值得庆贺的日子

光明多于黑暗

南国骄阳早爬上天空高地

用光和热告诉万物生灵

这一天的荣耀

城市步履依旧匆匆

挡不住的梦背负前行

城市山乡　楼宇街市

新生在金色的光芒中

最长日子发出最长情告白

流淌冲刷着一个漫长的等待

午

仲夏阳光赤裸裸

冲破午后藩篱

热吻着寂静的书房

瞬间流淌出激昂乐章

点亮回不去的来路

羊群安然空中漫步

轻吟浅唱最后一支歌

风儿挥霍着理智

推开天空的百叶窗

不知云朵

为何脸上挂泪珠

凝视那片崭新的蔚蓝

向今天寻求答案

荷仙子吐露出夏日慵懒

凤凰木依旧勇敢绽放

白天的梦啊　悄悄地生长

又消逝于一年最长的白昼

淹没在

此生到彼岸的洪流

夜

你是一年中的最短

依旧如期而至

沉醉的夜 黑色的幕

轻抚着高山、大海、行人

还有无法企及的远方

不愿看世事如水般消散

我披上朦胧面纱

与你赛跑

和风沐浴双眸

海水涤荡心灵

霓虹无法缤纷视线

我的夜只有一个颜色

脚步与海岸线一道延伸

思绪早已穿越楼宇

抵达昨夜星辰

静静和宇宙、历史对话

回首只见月亮掉进海里

我不得不停下来

一点一点打捞

落下思念比夜长

又到中秋

又到中秋
凭栏倚窗
此岸、彼岸 遥相望
飞花剪不断

又到中秋
举杯邀月
天上、水里 遥相望
星星已掩面

又到中秋
翻新传说
那人、那事 遥相望
月儿缺又圆

又到中秋
蹉跎流年
前世、今生 遥相望

今月非昔光

今年今夕

最美 醉美

我看见一个火红的秋日

你说你与爱情相遇
晚桂的馥郁扑面而来
月亮还是坠入太阳怀抱

我看见
此刻爱的光圈罩着你
轻扫你的岁月河山
爱意盈满双眸
驻留在你的发梢
玫瑰绽放在脸上心里
欢快步履让昨日重现
定格在一片秋日私语中

一袭红裙
你像一位待嫁的新娘
又似一株开花的树
走近
宛如一座花园

呼吸到芬芳、妩媚与甜蜜
爱如划过夜空的亮闪
让逝去彩虹捡拾彼此缘分
我看见一个火红的秋日

春夏秋冬哪有永远出发
等待有时是更大勇气
带上自己吧
沿着迟来之路
大胆去接受生命的馈赠
因为爱已诞生

秋日私语

站在秋天的路口
看见细雨挤挤挨挨
斜洒在绿色枝头
叶子在春天早已死亡
秋雨中又迎来新生
我触到一个春日跌落的梦

站在秋天的路口
我握住这个飘零的梦
在那轮圆月映衬下
很轻很轻 如昙花一现
瞬间又化着星星的眼泪
亮闪闪的 似水中月

站在秋天的路口
我听到如潮的掌声
热烈但鲜有温度
没有落花相伴

却闻到一池清冷

不知是秋的迷离

还是把记忆种在春日

冬的留白

不必试图填满那方空白
春迟早憔悴于玫瑰的暗香
夏在炙热等待中死亡
季节城堡里飘零着落黄

少年纯真刺破一方迷雾
看不见的使者款款走来
灯火彻夜不眠点燃
涤荡出极地的星空
让雨雪纯粹吟唱吧
至少能温存一炉红焰

北风 翻动我的秀发
喧嚣 拨乱你的心弦
冰莹 惊扰大地的香梦
冬日凝结思绪万千
照亮的是那久违的斜阳

冬日伏蛰

伏蛰时节
这里没有冬季
四面八方围拢而来
极力拥抱那个太阳
找寻传说的标配
在虚拟与现实间
日子不经意抖落生活

走进心灵的冬季
一切波澜不惊
记住一个人很难
忘却很容易
分明注定
通往春天的路要独自行走
跟随升腾起的四季
呼吸清浅飞扬

冬 影

在这南国的城里
冬日的脚步却姗姗来迟
随处花红草绿
第一缕阳光早早地沸腾
映着青春飞扬的脸
可人行道上依旧步履匆匆
连车轮下也满载希冀

北风还是来了
与柔美的紫荆一阵缠绵
缤纷着孤寂的尘空
落下满地粉红的忧伤
降伏了蒲公英遗落的梦
印记中 那抹暖终究无可眷恋

在季节的流浪声中
我看到北地一场白色的盛宴
若有若无 吹开南国空灵的禅花

路人吟出一首老旧的诗

埋葬所有枯枝落叶 连同最后一瓣花

风中 我看到冬的背影

忽而一年

这一年
读懂张先生画中的脸
也读懂广场舞的身姿
看到春天里的死亡
也看到银装素裹的生长

这一年
秋天的情绪
掐住春天的后颈
时光
发酵泥泞不堪的来路
演绎出喋喋不休的颠簸

这一年
爱与黑暗的故事
等待那个平行世界的神秘主人
最终
消逝成冬天的背影

这一年

用尽所有力气

抖落答案的节奏

用双手撑起

一个二十公里天空的张望

这个世界上

有谁不是

望尽天涯的半岛

书再厚

也可读完

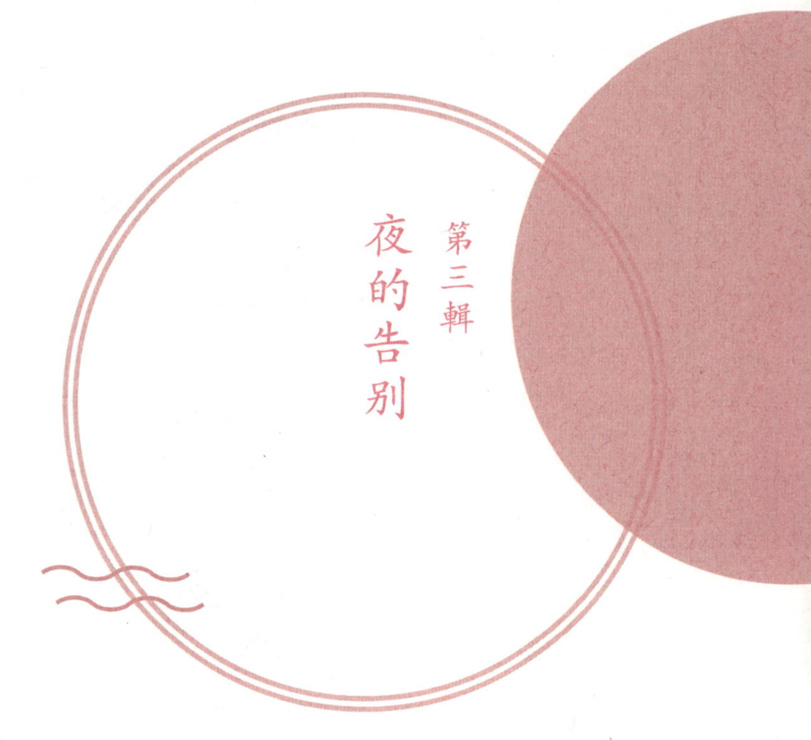

第三輯 夜的告別

碧波的心空

那轮太阳误入星河
依旧是夜里的璀璨
光亮掩映着我的心空

你时云时雨
我还是那一汪碧波
永恒地守望
偶尔水天一色
你柔软如新生婴儿

这湖水
不同于你体内奔腾
可知
那是我一滴滴泪化成
一根根青丝串起

夜的告别

蝉鸣 蛙跳 萤虫飞舞
过山风自在地盘旋
带着青草味和泉水声
遗落在山外的星星
三三两两爬上夜空
眨巴着守候木棉的归途

山里的夜
静静地注视着夜里的山
彼此依偎 轻喃细语
用生命温暖那幽深的传说

夜深沉 寒意起
踮起脚尖眺望天边的云
不经意撞上月亮的欢笑
我仿佛看见一堆燃烧的雪
视线由墨黑化为银白

张开双臂拥抱那浓浓的夜

夜却将我推到光明的烈焰中

别了 夜 夏已临

空气低头对我耳语

夏雨，盛开一朵莲花

沉睡的城市还未苏醒
便迎来一场热闹
雨在空中密密斜斜地编织着
急匆匆诉说心中的热切

人行道汇成一条小河
雨珠重重落下又弹起
盛开出一朵朵硕大的莲花
又如一群过江的小精灵
跳着舞着赶赴夏天的约会

怒放后的美人蕉略有疲惫
仰着面 歪着头
尽情吮吸突来的甘霖
落寞的叶子顿时清亮起来
折射出昨日和明天的悠远

站在紫丁香旁

任雨亲吻额头生命的印痕

飘动的裙摆涤荡出水滴

湿了一地 抖落繁华

暴雨的禅让

一串串杧果
嬉闹着沉甸的枝头
一簇簇荔枝
咧红嘴儿从中笑
可暴雨终究还是来了

天空如绝望主妇
哀号着 凄厉 悲恸
浓浓的雾迅速蔓延
楼宇 山峦 海平面
让你分不清此生彼岸

石子般的雨
落在树上 屋顶 路旁
击打城市的盛装与樊篱
涤荡世人的灵魂
终究洗不尽满街的浮华
冲不走飘荡的欲望

尽职尽责的都市守望人

在黑暗中瞭望

风再次激起狂怒

流浪的雨拖着疲惫之身

划向生命最深的内殿

燃烧起的是那团旧火

——星辰

黑色的谎言

一个黑白分明的人
从颠三倒四中走过
燃尽满腔心火
也走不进至明至暗
借不到半缕阳光

曾几时起
夜来得越来越晚
每每华灯初放
毅然举起心中的太阳
让白昼点亮

各种明暗交织的线
一股脑涌来
像春天疯长的草
黑乎乎的夜冒出又退回
时间早不属于生命
能开启的是枚黑白按钮

哦 不

那是一盘谎言

把快餐世界戳个洞

流出霉烂乳汁

让夜的黑模糊视线 婆娑心房

味 道

你俯瞰苍生

我无法直视风中飞絮

你浪迹天涯

我走不出那场青色烟雨

七月流火

难以烘干潮湿的心

千里冰封

冬眠不了记忆的曾经

浩瀚海洋

如何涤荡岁月的伤痕

可撩人的早春啊

早已翻越老旧的篱笆

一城花开

听到大地的回音

一场花事

看到心灵的眉眼

哦 你在三月枝头

温润了一季

我在四月渡口

忧伤着时光

城市猎手

夜色深处
飘忽游弋的身影
来自四面八方
又奔赴同一航程

万家灯火
无法点亮沙场清秋
水泥森林
不曾温润片刻时光
给变奏曲插上翅膀
也未能抵达华丽的窗棂

英雄的城市猎手啊
怎么沦为影子的猎物

石头和树

你 是树 苍劲大树
我 是一颗小石头
用尽一生运气匍匐在你脚下

你穿过雾霾 沙尘
一路与阳光赛跑
毫不含糊向上生长
或许 无暇顾及我的存在
挺直腰板做你的仆从
和着月光 聆听你的歌与诗
隔着泥土 触摸你的脉搏和心跳
偶有一两片叶子飘落
便迎风紧紧拥抱

看 岁月不动声色
更替着时间 万物转移
唯我 静静守护
离春天十六公里

白琵鹭

尘寰间偶遇天外之客
一身洁白的羽翼
圣女般　傲立水中央
荡漾的碧波
似飘逸的裙裾
婀娜的倒影
同灵魂的伴侣
忽沉思寻觅　忽呢喃亲吻
超世绝伦　又日有所梦

唰——
迅雷不及掩耳
消失落日余晖的远方
带走那片美丽与忧伤
瞬间　一片虚无
但　那惊鸿一瞥
早已沁在我心上

紫荆花

每天栖息于一树繁花
早早等待新的出发

你 四季不变的绿装
连绵起伏的绽放
让我分不清是树是花

直到 你
春天种下漫天的绯红
冬日结出满地的忧伤
顿时看到
你眼里晶莹的泪花

迷离于昨日的光影
这一天
我竟无法自拔

茉 莉

当茉莉仙子降临枝头

我知道

长夏莅临南天

芬芳承载童年与欢乐

一起上路的还有

快意和阻隔

温柔的夜矜持着微风

泥土气息溢满心灵

甘愿相许的花啊

为何一往情深

时光老去

咫尺成为天地时

纯白心事的茉莉

将串起一生美丽和忧愁

毛尖

毛尖在三月雨中探出头
打量初春迷离的眼
那片片飘零
迂回了目光的坚毅
春的使者伸长脖子
触摸萌动的新绿
随意撒下一把种子
你种进久违的心田

春光赠予神奇的钥匙
你握在手里
打开的是紧闭的心房
是心灵密码吗
为何封存记忆和传说

从原始森林呼啸而来的列车
驶入时光的隧道
凹凸的脸 一扫印记里的温柔

宛如冬日荒芜的原野

三月风从胸膛疾驰而过

给大地留下一个虚无背影

究竟是春辜负了冬

还是冬凋零着春

花正开

送上祝福吧

那些乾坤那些梦

在心里抚摸就好

站 台

在站台等待
列车疾驰而来
匆匆告别站台
不知踏上的是归程
还是远方
你在中转站口
等候
喧闹中一眼看到
焦灼中的纯澈
依旧
那个青春年少的昨天
再次告别站台
踏上远方
那里有生活
还有孤独的站口

尺 子

你用那年那月的尺子
丈量亲情的距离
尺子说没偏差

你用那年那月的尺子
丈量爱情的距离
怎么找也找不着

你用那年那月的尺子
丈量与时光的距离
怎么量也量不够

相同的尺子
不同的呈现
到底是时光遗落尺子
还是尺子疏远时光

爬墙的姜薯

岁末最后一场雨后
友人赠我一盒姜薯
扑面而来浓浓的潮汕年味
一根根朴实无华
走进冒着人间烟火的厨房
与土豆、红薯、大蒜为伴

谁料生命在隆冬暗自生长
把旧历续写进新春
当细长的嫩芽探出头
我看到一片生命的火光
点点映入我的心房

植入阳台的大花盆
迎一席阳光 候一场风雨
你柔弱的茎长成坚硬的枝
发散的根须布满四周土壤
盛夏炙烤 台风肆虐又何妨

沉醉于生 沉醉于长

你绿了一墙

走过一季又一季

我给你注视的目光

你许我一片夏日清凉

夜的颜色

夜的颜色是什么
在多彩的霓虹灯下
你手写我心
夜是缤纷的

夜的颜色是什么
在流水的月光里
你在电话那头 我在这头
夜是皎洁的

夜的颜色是什么
在如磐风雨中
你随着电波消失
夜是萧瑟的

或许此时
夜正轻抚你的脸庞
生命的夜色是什么
也许只有夜才懂

哭泣的月亮

说好今晚又圆又亮
可泪总模糊我的眼
打湿我的心

在春播下萌动的种
炎热的夏未及生长
就连希望一同埋葬

在这金色的夜
我非朦胧
是与别人的秋道别

大地的月光

从春走到冬
恍如白昼进入黑夜
黎明绽放的花 满载着梦
在星辰护送下抵达
满月挂在树梢上
可大地未留住一片月光

从春走到冬
恍如晴天进入雨日
雨丝从遥远的天边降下
如星星眼泪在飞
那白色的银 黄色的金
一同皈依传说的村落

从春走到冬
恍如从此岸达彼岸
一碧波光 一淌激流
乘着一叶扁舟航过欲望之海

把浪涛的合唱献给远方

也为北风送去一片苍茫

从春走到冬

恍如从身体抵心灵

春花 夏雨 秋月 冬阳

徐徐升腾起一个不老的四季

有爱无恨 有情无仇

如此与岁月相互报答

风的味道

我不知道
风，是从哪个方向吹
飘散落黄 吹开绿意
轻抚衣襟 激荡心花
三月的风是斑斓的

我不知道
风，有多少度
一汀烟雨 吹折满枝
色动微寒 疾步驻足
三月的风是犹疑的

可风掠过我的脸时
阳光洒落在我的心头
哦
这就是三月风的味道

流浪的星

一切支离破碎时
夜从这头滑到那头
漆黑 无边

他们说
黎明迟迟未抵达
月亮还在路上

影儿悄然闪入
触及柔软的心底
那是流浪星星的眼
微弱 但
足以照亮那个字

夜的变奏曲

这头霓虹闪烁
流淌出七色花
缤纷着红尘梦
你读到传奇 我看到江湖
和着疾驰车辆
回放一个个奔跑的灵魂
轻触孤影残月
燃烧出一片无边的海

那头母亲的心
伴着孩童的欢笑
连起一盏长明的街灯
你看到澄澈眼神 我听到爱的絮语
照亮疲惫游子的归途
掸去心灵尘埃
在岁月长廊的脚步中
绽放出一个紫色的梦

就这样轻轻交织

两根弦

弹奏出都市夜的交响

谁也不曾打败谁

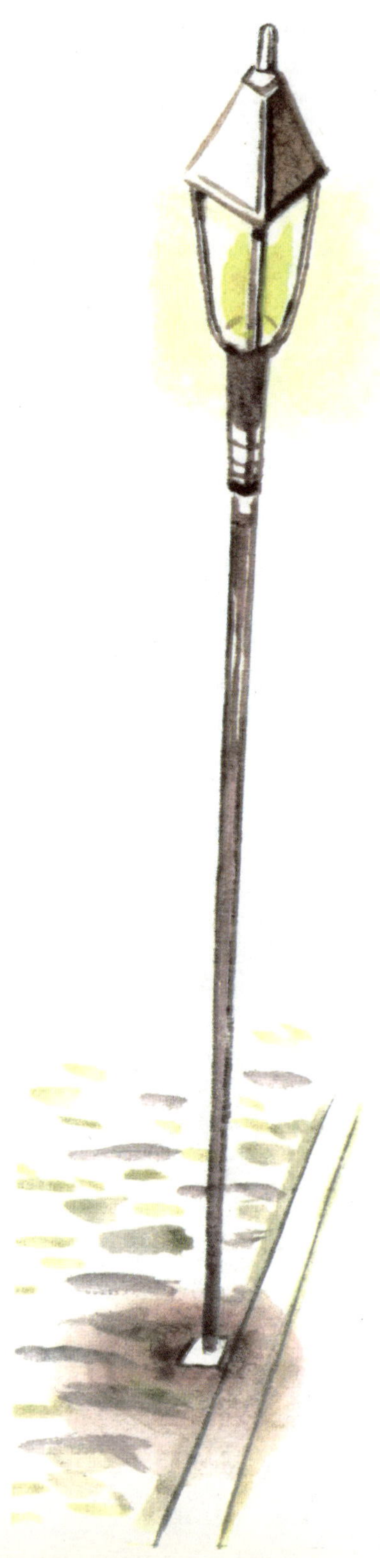

风是你最后的序言

你满载阳光
与火红的凤凰木耳语
涤荡我脸上的妆容
迎风飘零的花瓣
那是为远方歌唱吗

你轻抚夜色
与蝉翼般窗帘共舞
唤醒我的发丝和毛孔
一阵玉兰花香暗袭
那是给未来的承诺吗

在你轻盈的羽翅下
遇上多年不见的朋友
写下最后的序言
正是 你
拉近我与世界之间距离

让记忆苍白时光

一路以梦为马追逐时光
为了绵亘的胡杨奔赴远方
栽进伊甸园为爱守航
无尽攀登人生的天阶
你怕错过季节 又怕失去风景

春花烂漫伴着凄风苦雨
谁惊醒梦的第一缕阳光
冷藏心的第一片雪花
扣人心弦的音符和等待谱写的乐章
让时光与生命一同勃发

黄昏的蓦然回首
直指母亲额头老旧的沟壑
和孩童你追我赶的身高
原来时光在此驻足
你极力去拥抱 又被甩得远远
青山远归 逝水东流

季节早已变换

你还站在承诺的地方

等待谁许谁地老天荒

更改的流年 唯让记忆苍白时光

白色黄昏下那场球

或许你不曾
见过如此绽放的舞台
看到这般飞扬的比赛

场上，生龙活虎
两队围着那个浑圆的球儿
跑着 抢着 算着
一会儿在你手中举起 一会儿落入他怀中
你进我退 你投我抱 你跳我弯
角逐 汗流浃背 胜负难分

场外，挤挤挨挨
长椅 石凳 轮椅
有吸着氧 或被搀扶着
可眼神都闪着一团火 和着球跳跃
那张张脸交映着空中燃烧的晚霞
折射出一种对活力的渴望

如笼中鸟对自由的向往
轻微笑声中 我听到凤凰木的花开
又看到生命灵光的舞动

在这个奔腾的城市
并蒂莲一瓣盛开在球场
一瓣绽放在场外
初夏的那场雨未唤醒生命树上枯叶
而热切的目光洗净尘世喧嚣

点 亮

灵魂游戏中

你的礼物成为别人负担

冰点赠沸点

埋葬着红色火焰

燃烧出蓝色海洋

你眼睛下雨了

脸上不要有愁云

尽享孤独花园

那里有你

还有不落的太阳 无边的森林

尘世间 谁都不曾靠近

也从未远离

最美总在不经意间

有时 一道微笑

足以点亮

忽而今夏

夏不知从哪儿冒出

汗珠爬满额头

空调呼啦圈般盘转

未吹开细微毛孔

汗滴汇成一条心河

隔岸观茶

举杯欲饮茶已凉

那边万卷成山

顿感清凉一片

这又奈何

能读几本 可懂几页

仍奋力翻阅 如窗似镜

庄严打开再无法合上

贪婪吮吸着 卑微而隆重

恰似一首无字的歌谣

空气中弥漫着一个季节

火红凤凰木与清香白玉兰
在海风中握手言欢
半熟荔枝和青涩杧果
在初夏的枝头张望
南国炙热阳光啊
总在不经意间催熟时节

红裙飞舞的女子
款款而来
手里高高举着一束百合
刺鼻香水与淡雅花香撞个满怀
燃烧出一脸的风尘

足下生风的大妈
左手豆角辣椒 右手白瓜番茄
斜挎的手袋在胸前有节奏晃荡
绽放着由花而木的力量
对面男子一身休闲服

依旧没掩盖脸上的焦虑

迅速发动奔驰的引擎

去追寻无边的远方

白发苍苍的大爷

蹒跚步履羁绊了老人衫

手中报纸照亮生命渡口

所有爱恨情仇在沉思中闭关

杂乱比整齐更有成就

每天簇拥朝阳出发
路过整齐划一的街道
在井然的写字楼间穿梭
不苟地敲电脑 商讨和思考

凝思伴着月光归来
触摸按审美修剪的花草
搂抱摇头晃脑的巴儿狗
日子钟摆间消融乌托邦

直到喧嚣中漫步
听孩子们随性的嬉闹
看参差的广场舞步
杂草丛生里嗅闻人间烟火
灵魂也跑出来深呼吸

你说生活是不是真奇妙
有时候
杂乱比整齐更有成就

旋 律

灯光褪去

音乐流走

人群散开

广场和我

重返夜色的怀抱

在夜空中喃呢

在月光下私语

南国的冬季

不曾迷失在春天的森林

你是我的唯一

我是你的知己

相逢又相离

从来就是人生的旋律

清明又逢春

在一年离死亡最近的日子
遇见下一个春季

你独立的生命信仰
未曾辜负 落花依旧散尽
生命渡口的荒芜
终究奈何不了一座桥
在光阴的转角
没挥手 已告别

这是怎样一场梦 一阵风
永远带走纯真和宁静
生命没有死亡 人早被活埋
你在心的墙角挖一处青冢
伴着泪花 融入春泥

心痛了 春天早早老去
人世间

总有一抹风景撩拨你心弦

以面向死亡方式活着

把非生命的一切击得粉碎

馨香留驻人间

如此

死亡不是失去 而是走出

生命第五季

愤怒的天空在清晰地呼喊
灰暗的天
笼罩着灰暗的地平线
笼罩着灰暗的海

远方还是远方
世上有什么能够永恒
万物生灵
一切都将被夺走
不再相信唇齿相依
如流云漫无目的飘荡
灵魂早已变成多余的存在

那片冬日残阳
还能撑起桅杆吗
渡口依旧隐隐作痛
一片心香
握住生命的第五季

第四辑 最后的香格里拉

最后的香格里拉

春天走进我的心尖
这是她最早抵达的地方
赶在花开之前
我奔赴这场约会

一只只蜜蜂轻盈的舞蹈
都如初的会面
一声声清脆的鸟鸣
是孕育一冬的呼唤
呷一口琼浆
如霞的灿烂便漫向天涯

被打翻的大地调色板
徐徐揭开的面纱
一垄一垄的春色啊
伴着徽风皖韵
醉得我摇摇晃晃
那片紫气东来

便是我最高的赞许

带不走一瓣馨香
我坐在田垄上
像一朵昙花
静静为你绽放
真想就此酝酿华章
只当一走进春天的长调
便走不出最后的香格里拉

苹果园的朝圣

秋月斜阳
静静交织着
爬满绿树
映红青果
丰收的园子
洋溢着母性之美

青红苹果
在树上悄悄对话
陌生的我入场
让小精灵呼吸到南国风
用秋天语言来攀谈
我触摸到一个北地童话

红嘟嘟的苹果
在空中划过一道弧线
落地从容又优雅
青红对此浑然不知

沉浸在秋日私语
或许早知这便是明天

从朝圣者灵魂掠过
我看到一场无尽的道别
从欣喜到悲痛
一切终将用古老方式
归还黄土
为这非虚构的世界

涅瓦河

微风轻轻吟诵致大海
水波悠悠绘就圣母花
太阳雨倾情弹奏交响曲
流光守望彼得大帝的英姿
神圣的火烧云点燃半个天空
涅瓦河，你可曾看到

传神的雕塑铭刻着荣光与梦想
高贵的足迹诉说过悲欢与离合
风儿轻拂着清澈的流年
不经意唤醒悠远的马蹄
瞬间消失在街上缓缓车流中
涅瓦河，你可曾听到

涅瓦水依旧庄严流淌
穿越神圣直抵蔚蓝
风起云涌的苍穹
早已封存欲望的纷扰

船只在河上静静游弋

彼得的梦在路人从容中永恒

涅瓦河，你可曾读到

昨日已老去

时光却守恒

大自然的威力

终究把这一切变成背影或背景

涅瓦河，你又可曾感慨

束 河

初秋的束河
来不及变换梦的衣裳
风儿把窗轻轻地敲
青龙桥下河水静静流淌
轻歌曼舞出图腾与农耕

写满传奇的茶马古道
神秘悠悠 魂牵梦绕
绵延盘旋在原野丛林
和着青石板上哒哒马蹄
如织游人赛过当年马帮
争相记取纳西人的历史荣光

一街一巷 一楼一院
一墙一檐 一砖一瓦
千年古镇穿上新装
喜气盈盈的新人着古装
把幸福瞬间定格进岁月长空

祈盼千年祝福盈满人生路

圣山玉龙并肩第五世纪冰川

默默守护着东巴文化

在开放包容中传承

五彩云交织着多情雨

温柔了岁月 醉了时光

让边陲小镇在新丝绸之路熠熠发光

阿念的目光

走进摩梭人祖母屋
握住阿念黝黑、粗糙的手
仿佛触摸到女儿国的目光
悠远 透亮 似锁鼓声声
又如一潭泸沽湖的水
滋养着女人由花而木的一生

触摸阿念的目光
清澈 明媚 如璀璨星光
引领穿越时光
十三岁少女
梳花辫 配银梳 行穿裙礼
狗儿叼起大块猪膘
欢快跳着甲磋舞

触摸阿念的目光
坚定 闪亮 如熊熊篝火

娇羞的花楼等来心头的阿注
暮来晨去 一生爱的浇灌
你成为家族女主人
织布 炼银 种土豆
阿姨阿姆
大家族繁花似锦
四世同堂乐融融

金沙江如银带撒在坝子里
如水月光默默守护
跨越世纪烟雨的花楼
阿念的目光
永远闪耀母性光芒
岁岁年年温暖庭院的火塘
怒放出母系家园最后一支红玫瑰

一半海水一半梦

在南太平洋星空下
一半海水 一半梦
浪涛唤醒了珊瑚礁
星光敲打着离别钟
抛弃心中的流浪儿
无牵无挂奔赴天川银河

在南太平洋星空下
一半海水 一半梦
梦境朦胧着无路的海
带来一个封存的传说
星辰紧闭心门
却被过路风推开

在南太平洋星空下
一半海水 一半梦
静寂的夜昏睡了热带雨林
萤火虫闪烁着峭壁悬崖

撑起另一片星空

我做起没有主人的客

自然桥之夜

夜深沉

树影婆娑山野小径

观萤虫看星空的人

惊飞原始森林的鸟儿

留下空荡荡的巢沉默着夜黑

绞龙藤爱得疯狂爱得痴

蓝色精灵感动着

眨巴等候前世之约

天宇青

星辰醉得心动又心疼

猎户座三星正南里藏着年

金牛 白羊 双子 绕着圈儿欢庆

那浅浅银河是星星的聚会吗

一如飘逸的丝带点亮夜空

南星中依稀看到北斗

把诗歌注入无言的星空

而她早已住进我的梦

梦在春天常遗落

一直隔着面纱与你对视
那神秘、圣洁和丝丝冷峻
曼妙着我的人生风景
忍不住冒严寒、顶稀薄
带着勇者之心
与时光一同穿越高原

沉醉于那深邃的蓝
都说那是佛眼俯视苍生
更似一条哈达悬挂苍穹
又投射到最柔软的帕那海
与苍鹰金雕 共饮漫天满湖的湛蓝
听到伊甸园雀跃 世外桃源欢呼

沉醉于那冷艳的白
都说那是连绵雪山亲吻白云
更似朵朵盛开的莲花浮现天际
万丈光芒穿过片片冷杉

与林间残雪、白霜相闪耀

清冷的光 冷清着灵魂 把诗意握得粉碎

沉醉于那默默的黑

都说那是不知严寒的牦牛守护荒芜牧场

更似哲学家埋头找寻渐行渐远的纯真

寒风扶摇着松赞林寺的诵经声

与手握经筒朝圣者的匍匐共鸣

刹那不知的心念在此间永恒

和着山峦、清波、冰凌

触摸雪魄、树魂、净土

随风飘拂的经幡、经轮

扎西卓玛悠扬绵长的歌声

心中早已升腾起一个香格里拉

捡拾起那春日遗落的梦

极目所尽是普达措天真无邪的倒影

黄埔雨

那场黄埔雨
洋洋洒洒一夜
让江面屋顶
花木行人大变身
溅起水面阵阵离愁
抖落风中片片思绪

在流行告别的今日
你追我赶中
无法答应是否再来
只盼着快快连接
茫茫江面唯一的陆地

奔腾不息地流淌
一如既往带去悠悠岁月
往来的船只
默默载走浅醉的清秋
摇曳的风雨

又诉说人间多少笑与泪

静静守望

在旧时光里倾听

迎面而来的中年孕妇

摇摆着沉甸的肚子

秋风也吹不散一脸愁容

常住无明

如何风清景明

还是让朋友圈折射生活的西东

梦到天边

恍惚到天边
撞上一朵匍匐的云
瞬间燃烧那片霞

可火红太扎眼
来时风怏怏执云耳
升腾 无影无踪
一片无言与孤寂

回忆 幻想
在浪迹天涯中
筑起一个彩色的梦
那是 来年的春天

去时雨把梦击得粉碎
重重摔回地平线
唯见青绿打开一扇窗
天与地淡然对话

深南大道 7088

二十年前

你在深南大道分娩

拔地参天

竟仿佛在一夜之间

一个城市

从此有了新的地标

登高远眺

深圳多了一双慧眼

吐纳朝阳和余晖

把每一缕最温情的光

洒向大地

楼宇 街道 绿荫 华灯

创业队伍 建设大军

那些身影染进你的岁月

那些剧场翻拍你的华容

像不曾间断的呼吸

城市和你的身躯一起生长

每当春风拂面
你张开双臂拥抱四海芳华
承载不同使命与担当
意气风发从这里出发
你助力一拨人指点江山
也成为一批人的青春驿站
百年基因坚实了基座
携手深圳湾的此起彼伏
你从容谱写太阳花的传奇

向上开花 向下生根
三尺柜台里绽放出中国红
“23.5℃服务”诠释着金融梦
从改革开放策源地蛇口走来
在深南大道这条都市绶带上崛起
今天太阳花盛开大江南北
春天的故事唱响内陆腹地
太平洋暖流早把花籽播撒
在“一带一路”上生根发芽

你是金融市场优等生

几度直面全球金融风暴不眨眼

南海把你洗得如天空般坚韧

你是资本市场宠儿

荣辱不惊在骇浪中独领风骚

迷雾把南中国灯塔擦得锃亮

你是科技的弄潮儿

利剑平添古老面孔的豪迈与英姿

让你长成一株会开花的树

你用不同言语、不同肤色

一起敲响世界共荣的钟声

听说一座新的地标孕育

时光铸造着新旧交替

我知道这是永续

难舍的是往昔

你二十年为我遮风挡雨

我二十年奉献青春花语

谁说你是美人迟暮

你是我眼中永远的太阳花

我会一直匍匐在你的胸膛

因为你中有我

我中有你

二十年彼此的造就

深南大道 7088 号

这个城市记住了你

百年央企

一个急匆匆的背影
那是久别的爱人
晨晖定格盛夏蛇口码头
来不及深情相拥
南下北上 各奔西东
千万央企人以不同方式打开新一天
与历史滚滚车轮共振

无法忘记 你从列强炮火中启航
1872 年凛冬
一支商船队拨开上海滩迷雾
以民族大义为重 实业救国兴邦
在古老的土地播撒工业化种子
书写中国经济史上诸多第一
你撑起民族的脊梁
为共和国立下汗马功勋

无法忘记 你在火热大生产中驰骋

身为共和国长子
责无旁贷 义勇担当
你踏上一条强国富民之路
大炼钢铁开足马力
宝钢大庆 厂房矿山
谁的青春不飞扬
响彻《咱们工人有力量》
携手并肩 一幅幅宏图开卷

无法忘记 你弄潮改革踏浪而至
沉重的包袱压弯了身躯
让你落后于日新月异
一度沦为最难啃骨头
阵阵呻吟如针扎心
祖国母亲怎能忍你容颜憔悴
车轮不息 改革在途 输血减负
独特血脉基因催发第二春
从电灯电话到开车回家
你让寻常百姓芝麻开花
又成功助力中国经济动力转换
无法忘记 你从匠心筑梦中走来

中国天眼仰望苍穹

神舟飞天　高铁奔驰　北斗起航

中国品牌打造闪光的中国名片

新技术催化新经济新动能

你绘就出千亿市值的巨头图谱

携手一半弟兄跃进世界 500 强

大国重器在历史深处书写光荣与梦想

在“一带一路”上落地开花

斗转星移　岁月沧桑

这趟航程一走一个世界

与祖国共呼吸　同时代共脉搏

你成为中国经济的“压舱石”

一个个圆梦工程编织

中华民族伟大复兴的中国梦

今天　百年央企再起航

必将领航新时代

愿春风助航　飞舟破浪

小雪·初见

带着南国缤纷的紫荆
我踏着星星铺就的路来到秦淮
你在黑夜抵达我的窗
留下一个个玲珑剔透的吻
透过轻纱的梦
你把我紧紧依偎
轻柔的羽翼　抖落几许秋思
婀娜的身影　惊醒初冬新寒
圣洁的浅笑　凝固梦中神话

踏着瑶琼
随你去找寻雪藏着的梦
那火红　那洁白
婆娑了我的视线
一瞥便是万年
极力张开双臂去拥抱
可转身　便无影无踪
哦　那是天空最寂寞的泪
而我红炉点雪于光阴的最深

冬至·春生

这一天很短
短得来不及称量
便深深扎进黑暗中

当夜从左滑到右
雨从窗口飘进
那气息 连同焦灼的影
一头栽入我的梦
莫名被移至不靠岸的远方

手握钥匙
不知门朝哪儿开
黑夜早已覆盖来时路
提起心 放在梦栽的花篮里
我看见 浅白的微笑
哦，冬至 春生

海之夜

依旧那般风雨兼程
赶赴夏日的约会
第一缕霞光击中夜的胸膛
沙滩深情凝视
浪 一波接一波来
绽放出朵朵小花

水漫金山
哦 不 沧海一粟
熄灭狂乱的渴望
沙滩一如明睿哲人
唯浪盈盈的泪模糊着眼
被偷走的心早抛进天涯

陆地的本属陆地
海洋的终归海洋
任潮起潮落
穿越最后喧嚣的荒漠

岁月风角

春阳掠过你的脸
在心中种下
一片夜的黑
你知道
这个季节不属于自己

青丝和着白发
一如绿萝般生长
光阴赋予款款深情
斑驳着岁月老墙
轻抚时光那道留白
无法激荡起心之涟漪
恰似冰封一腔血脉

一念花开
一念花落
刹那间
转身已成陌路

回首却是天涯

陌上歌声

送来一场告别

也是新生

带上心愿吧

去与时光诉说

来年的盛开

在岁月风角等你

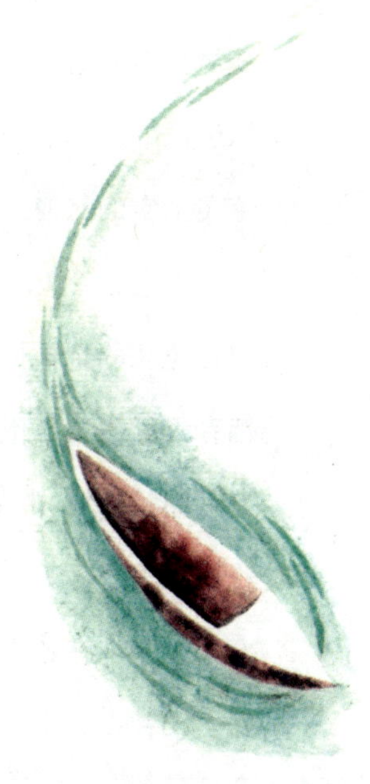

播种春天

向往大海的广博
把春天种在沙滩上
浪悄悄来了
滩涂吞噬着春光
阡陌一片诗意

向往蓝天的深远
把春天种在天边
狂风携着春雷
掠过层林
惊飞上空的鸥鹭

向往花朵的娇艳
把春天种进花苞中
五彩的花 缤纷的梦
花儿绽放了春天
春天又凋零在花季
把春天种在心田

水中月

无边的春雨
淋湿南国夜空、街市
浇灭了一地月光
灰色血液流满道路
一颗心躲进抽屉里抽泣

在水中掬起一个月亮
折射进我的心房
一群过路的鱼儿横冲直撞
打碎心中的雪莲

那片月光
滑落到春天的草地
瞬间
和三月的风一同消散
我数着雨滴
直到天明

北方的海

微醉于南国
阳光 沙滩 椰风
北方的海
依旧是心头一片月光

忍不住带着抒情诗
去北方赶海
在红彤彤苹果园里倾听
大海的情深雨蒙
枕着金色阳光
与光阴的礁石对话

北国风霜
刻划着你的容颜
塞外黄沙
不曾卷走你的传说
冰封加持让你比南国弟兄
更多刚毅 更多挥洒

你奔腾着我的思绪

我追逐你的浪花

你涤荡我的胸膛

我掬你一口入梦

你揭开我忧郁的面纱

我点燃火红岩浆的心脏

照亮谁的来路谁的归途

在蔚蓝色拥抱中

沉默如岛

共舞天涯海角

生命咏叹调

走过寒暑
那棵苍劲的松树太累了
静静匍匐在山地上
青春的藤蔓俏皮地盘缠
做着在荔枝树上的梦

春风依旧在
可那簇芦花还是枯黄了
摇曳的舞姿依然这般优雅
似乎在与生命做最后的道别

高地出平湖
那汪湖水一点也不寂寞
涟漪阵阵
如一抹绿裙飘扬在山谷
三两只水鸟从上面欢叫掠过
打水漂的孩童来了

石子飞一般击中树上那张网
蜘蛛真浑然不知吗
又何以闲庭信步

荒野 崎岖
飞转的车轮 飘动的衣襟
鹤发 童颜 还有欢笑
一同走进这人间四月天

温暖的午后

冬日的阳光
暖暖的 金色般闪耀
刚坐上太阳坐的椅子
太阳便急匆匆跑了
只把风儿悄悄留下

和风儿轻轻对话
读到你投射的眼神
如桌上大麦茶般澄澈
我沉醉着
一个温暖的午后

附录

做一个始终有诗心的人

程华是我的大学同学，是一个有才华和情怀的人，在她很年轻的时候就是如此了。

那时候，学校大门前的道路还颇为泥泞。物质上的相对匮乏，并不能抑制、消解我们身上从二十世纪八十年代延承下来的文化与精神血脉，我们爱诗，爱文学。专业特质与内在的精神诉求契合一致，于是，读文学、读诗也就成了我们的一种生活方式。

毕业之后，程华很好地将这一生活方式延续到了自己的学习、工作之中。毋庸置疑，她的诗情更浓郁了，诗心更笃厚了，一如她对于日常生活的态度。我们看看她写的《生命咏叹调》：

走过寒暑 / 那棵苍劲的松树太累了 / 静静匍匐在山地上 / 青春的藤蔓俏皮地盘缠 / 做着在荔枝树上的梦 // 春风依旧在 / 可那簇芦花还是枯黄了 / 摇曳的舞姿依然这般优雅 / 似乎在与生命做

最后的道别 //高地出平湖 / 那汪湖水一点也不寂寞 / 涟漪阵阵 / 如一抹绿裙飘扬在山谷 / 三两只水鸟从上面欢叫掠过 / 打水漂的孩童来了 / 石子飞一般击中树上那张网 / 蜘蛛真浑然不知吗 / 又何以闲庭信步 //荒野 崎岖 / 飞转的车轮 飘动的衣襟 / 鹤发 童颜 还有欢笑 / 一同走进这人间四月天

诗中，有童趣的烂漫，有领略人生风景之后的沉潜，还有她以诗歌的方式对世界的种种有痕迹的注释与勾勒，无疑，这都源于一个热爱生活的人对生命的“入乎其中”而又“出乎其外”的读解和体味。

诗往往是孤独的，处于诗坛中的人可能更为孤独；然而，或许正是由于这种孤独，诗人才得以保持一种趋于丰盈的姿态。

我们看到，诗人程华笔调隽永，孜孜不倦地探讨着生活中的诗意。或者说，生活于她便是一首读之不尽的诗。她仿佛是一朵云，静静地飘浮于天空，观察世界，并以诗来报告世界。所以，风、雨、星空、月亮，还有其他，一一成为她书写的对象，寄寓着她的思考和情义。

当然，程华诗歌中也有对人间生活的追忆与憧憬。这里所说的，正是程华对生活最本质最美好状态的某种“窥探”抑或探寻。在《观女儿演出》中，诗人遨游于“唐诗宋词的水墨”“元曲羌笛”之中，寻求生活之美，在“时光洪流”里，她愿“做一朵玫

瑰 / 不为风雨凋零”。

在诗中，程华更是充满爱意的，这或许也是其诗意生活之美好的体现。于她而言，孩子的幸福便是她的“圆满”了：

你的笑脸 / 就是我世界的圆满

写父亲，她将之诗性地呈现为一种生活及生活中的光芒：

父女的二重奏 / 没有时间的无底柜 / 只在岁月墨迹中永放光

而母亲，在她的诗歌中凝成一种伟大的爱的象征，更成为一种精神的传承。诗人高呼：

她就是母亲，她就是母爱。/ 今天，我亦义无反顾爱的接力。/ 为了母亲，这世上最伟大的职业！/ 为了母爱，这世间独一无二的爱！

这何尝不是身为人母的程华自身之浓烈而又深切的愿望呢？它是一种心声，一种对于自我确认的光亮和价值的倔强追逐！

这样读来，一切似乎明朗了。诗人所希冀的，是于诗中构建自己的美好世界。在这里，有时间的流淌，有人间真情，万物生长，生活如诗。由是，我们也就不难体会到，程华诗心的笃定、永恒在于其愿望之坚定。所以，读她的诗，我们仿佛遁入另一方世界，身心舒畅，自有一番韵味。在当下这个繁华、浮躁的世界，程华的诗及其诗心或许能给我们一份安慰、一处荫蔽。

在诗的王国里，程华自成一统；然而其情其思，更根植于对生活的热爱和观照。我们必须明白，这样一种明亮，是与其生活、生命之明亮一并升起的，因而面对身处二十多年的金融行业，她同样满怀热忱。在写她的工作之地——深南大道7088号时，她仿佛是在向一个携手并进的人生伙伴倾吐心声：

你二十年为我遮风挡雨／我二十年奉献青春花语／谁说你是美人迟暮／你是我眼中永远的太阳花／我会一直匍匐在你的胸膛／因为你中有我／我中有你……

有多少人，在生活的绵延无尽中只见荒漠？又有多少人，能够真正千帆过尽心依旧？我们不得不感慨，程华心灵之赤诚，能够经历时间之淘洗过后，仍不减光热。这或许，可以在其“小女人”的“大视野”中得到一些内在的印证：

斗转星移　岁月沧桑/这趟航程一走一个世界/与祖国共呼吸同时代共脉搏/你成为中国经济的“压舱石”/一个个圆梦工程编

织/中华民族伟大复兴的中国梦/今天 百年央企再起航/必将领航新时代/愿春风助航 飞舟破浪

在这里，我们看到，程华在书写生命的寂静与美好时，心中依旧激情涌动。她并不是关起门来自娱自乐的小资。家与国，时代与未来，也是其诗歌中不可忽视的风景，这或许亦是其诗心常在的力量和动力之所在。在当今世界，诗歌之迷乱、诗心之缺失，也许根本上是因为诗人自我的丢弃——他们游移于记忆，对未来耽于幻想，却忘了生活的此时此地。我看程华，正是看到其内敛安静背后的风云搏动，这是一个“静静燃烧”的有力量的诗人。

诗以言而呈现，言为心声。读诗、品诗，往往也就是读人，读人心，倾听诗人的心声。在这个意义上，我们更要说，文学是人学，文学是一种评价生命的形式。生命因文学、因诗而充沛，而丰盈，而绚烂。

在平凡的生活中，愿我们都做一个始终有诗心的人。

诗心在，则诗在。

诗在，则生命在。

生命在，人也就活着；因诗，而倔强、幸福地活着。

詹艾斌（文艺学、美学教授，博士生导师）

2020年5月

后记

诗歌，生命的一种表达

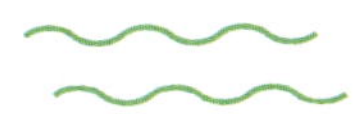

诗歌，是诗人自己的喃喃私语，或是与自己的对话、讨论抑或争辩，我们因诗而释然、自救。不知从几时起，诗歌进入我的生活，成为打开世界的一种方式，成为心灵的一片港湾，成为生命的一种表达，成为精神的一种涅槃。

时常出现如此有趣画面：半夜或清晨醒来，脑海里排列出一行行美丽的诗句，微笑着向我问好。这不是一些静态的文字，有的是微妙而传神的日常生活体验，有的是情绪的跳跃、沉潜及心灵发出的呼唤，有的是我摇摇晃晃走路时的一根拐杖。于是，我会趁着情感热度，借着灯光或晨晖，认真及时记录下这些映射生活的细节和感受，害怕她们悄悄溜走或被氧化。

或许你感同身受，时间碎片化的今天，不时置身于各种等待中，等车、等人、等待下一个良辰美景，或希冀憧憬，或焦灼不安。在这些生活喘息的间隙里，我尝试在心灵播下一颗种子。幸运的是，她渐渐萌发、生长，便有了这些等待中不期而遇的文字。

在这个瞬息万变的世界里，写作意味着一种选择，体现着作者对世界、时代、生活的理解与审美。我深信，今天，距离依然会是产生美感的重要媒介；因此，我愿意选择保持距离的态度，选择放弃一些应酬和社交，用以与自己对话，用文字来领悟一个个寻常的日子，探寻蕴藏其中最原始的生命张力。

当下，诗歌仍是一种小众的文学形式。正如洛夫先生所言，今天不是诗歌的时代，却是一个需要诗歌的时代。诚如我们所见，科技的发展，人工智能时代的到来，人们惶恐于个体与世界的关系；城市化的进程，大都市圈的崛起，孤岛效应蔓延，孤独已成为人们心灵的常态。这并非完全因缺乏亲密关系，更多是一种内心的荒芜。

快节奏的工作生活，对彼岸的无限追求，让你追我赶的人们忽视了生活中的美好。面对这一精神黑洞，诗歌常让人得到安慰、突破困境，犹如加了一层滤镜，能让我们的生活更加爽心悦目。

作为一名文字爱好者，我感谢与诗歌相伴的日子，在这些飞扬的文字里，可以探看纷繁复杂的世界，见识跌宕起伏的人生，思考自己与世界、内在与外在的关系。感谢一路给予指导帮助的师友，但凡交往的点点滴滴，无一不在塑造我的灵魂，活跃我的精神。感谢一路呵护我的挚爱亲人，正是这份浓浓的爱，让我聆听到心底的声音，也看到生命的底色，并把日子过得格外轻盈。

此时此刻，秋天的风已吹遍大地人间，万物生灵在为迎接春天的成长而悄然凋零。用力活着，认真爱，愿我们都能在不断迎来的新生命中复活！

程 华

2019 年 11 月 3 日于深圳